~~~~ LUIZ ANTONIO SIMAS
7 CORDÉIS BRASILEIROS

~ **LUIZ ANTONIO SIMAS**
# 7 CORDÉIS **BRASILEIROS**

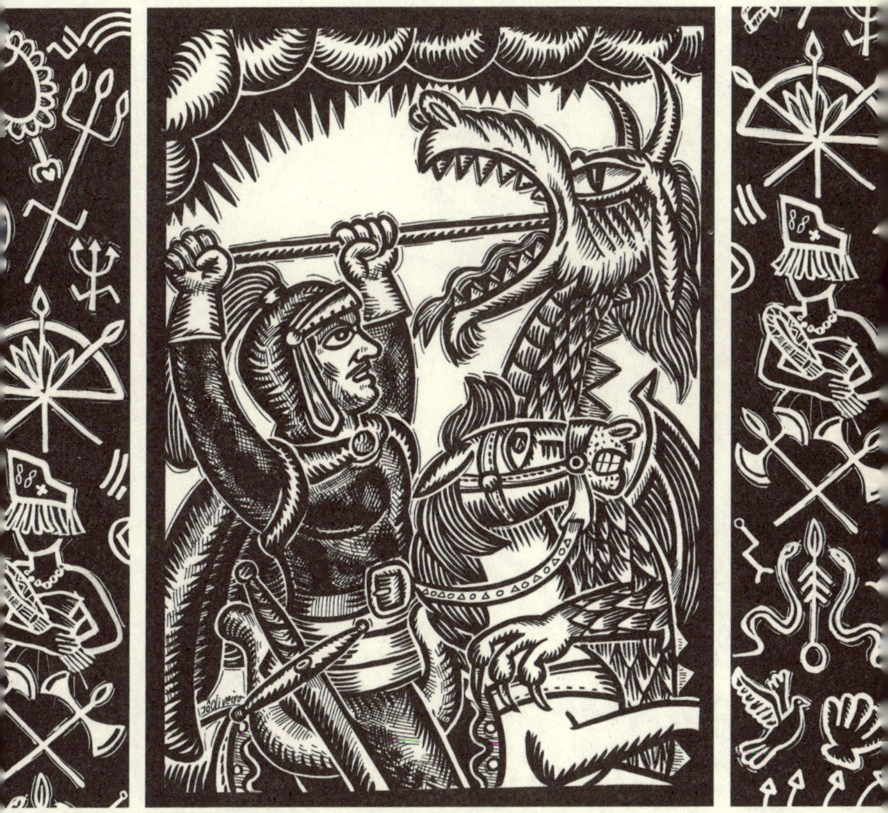

ilustrações **JÔ OLIVEIRA**
prefácio **XICO SÁ**

Para Seu Luiz, meu avô, pernambucano do Recife

Para Dona Deda, minha avó, alagoana de Porto Calvo

Porque tudo que permanece como lembrança, canto e memória, continua vivo.

O BRASIL QUE EU QUERO É O DE LUIZ ANTONIO SIMAS & JÔ OLIVEIRA

XICO SÁ

Vou fazer a louvação, louvação, do que deve ser louvado. É o que bem merece — Gilberto Gil sabe disso! — o mestre Luiz Antonio Simas e os saberes que compartilha na praça.

Na crônica futeboleira, na mesa redonda ou na aula pública, Simas semeia e devolve, como um camisa 10 das antigas, a bola do conhecimento que recebeu da maloca.

O professor devolve e pega na frente, na tabelinha permanente que leva ao gol e à festa.

Nessa fartura imodesta, exalto agora Jô Oliveira: Pernambuco falando para o mundo — com o sotaque cosmopolita de todas as lendas. Da pedra que canta de uma certa ilha, Jô pinta e borda as brasilidades.

Repare como o homem ilustra, na rotação de uma ciranda, refazendo os Nordestes na pena das invenções. Coisa de quem domina os mapas, além dos mistérios universais. Jô Oliveira no rastro de Simas é o Brasil de sonhos e almanaques.

São dois Brasis que se completam no azougue da peleja, como dois violeiros em busca da rima perfeita, o santo graal das melhores possibilidades artísticas. O luxo de tê-los juntos, leitores, é precisão e requinte. Desfrute.

Simas tem o faro da folia, nos cinco sentidos de vidente, nariz que antecipa no vento — sente só o aroma da esquina! — o sabor das oferendas. Prossiga.

Nas espumas flutuantes ou nos mares de cevada, o professor molha a sua verve, afina a sintaxe, sintoniza o batuque, ajeita a gramática. Vamos nessa.

Louvados sejam Nosso Jesus Cristinho, os pretos velhos e os santos cervejeiros. Louvados sejam vós do timaço da santa ceia das biroscas.

Com a graça de Seu Sete de Lira e a bênção de Zé Limeira, um Simas carioca, um Simas paraíba, um Simas brasileiríssimo pendura agora seus cordéis na feira dos melhores botequins.

Um fuzarqueiro exu, repare só, pega o professor pelo braço, em pleno forró, e o guia na fresta do repente. O cheiro do jabá que vem lá de São Cristóvão abre os nossos apetites.

Sem negacionismos, Simas rima — na responsa da saúde pública — o republicanismo de Zé Gotinha.

Com uma espada de São Jorge, o professor risca céus, e pede passagem para uma das estrofes mais brilhantes das galáxias de Gutenberg:

> "E como se não bastasse
> A festa do santo de rinha
> Nesse dia também nasce
> Outro santo: Pixinguinha
> Que além de padroeiro
> Do choro, era suburbano
> Macumbeiro, bachiano
> Carioca e cervejeiro".

Montado em um pavão misterioso, Simas sobrevoa os dozes pares de França, Oropa e Bahia... A aterrissagem, senhoras e senhores, se dará em Angicos, sob a licença de Paulo Freire, que o recebe para a boniteza infinita. Repare na experiência em terras potiguares, leitores & leitoras: o professor dos professores decifra o sentido das coisas, tijolo por tijolo, em um mutirão pedagógico. Eva nunca mais viu só a uva, Eva ficou sabida, Eva trocou de cartilha.

E viva a Oficina Raquel, bravíssima editora do Brasil, que traz para essa feira os cordéis mais tremulantes da paróquia. Tem até as desventuras da fraqueza napoleônica. Com peixeira de baiano não se brinca, ô coisado, vade retro miserável das costas-ocas.

Luiz Antonio Simas & Jô Oliveira: não tem louvação que dê conta! Admiráveis brasileiros que este cronista ostenta.

Brava gente, à leitura.

E, seu garçom, faz o favor de nos trazer mais uma, com a bênção dos santos cervejeiros, saravá, meus guias. Ô Deus, salve os engradados, os oratórios de boteco, nos altares mais ecumênicos. Sem esquecer a marvada, a benzida, a abridora dos caminhos no meu país de São Saruê.

CHAMANDO O CORDEL PARA A GINGA

LUIZ ANTONIO SIMAS

Há consenso entre os estudiosos que a literatura de cordel, como um estilo popular de poesia, ganha essa denominação em virtude das maneiras como os poetas apresentavam seus poemas: impressos em folhetos ilustrados com o processo de xilogravura, as obras eram penduradas nas feiras e mercados populares do Nordeste brasileiro em barbantes ou cordas finas — os cordéis.

A partir desse dado comum, a literatura de cordel foi se definindo como um estilo de cunho satírico, marcado por enredos com começo, meio e fim, contados em verso regular e linguagem coloquial, com características métricas rigorosas. Normalmente, prevalecem versos com sete sílabas poéticas, as estrofes mais comuns são as sextilhas (seis versos) com rimas no segundo, quarto e sexto versos; as sétimas (sete versos); as oitavas (oito versos) e as décimas (dez versos).

O título deste livro, admito logo, é redundante e enganador. Primeiramente, porque cordéis são brasileiros. Além disso, os versos não se enquadram em métricas e estrofes rígidas. A ideia aqui é chamar a poesia popular para a ginga, quebrar vez por outra a rigidez dos versos e brincar com certa tradição lúdica, delirante, fabular e sonora que reverencia cantadores de feiras, pregoeiros, vendedores ambulantes, violeiros cegos, tiradores de chulas, sambistas versados no partido-alto, MCs e rappers de batalhas de rimas nos subúrbios e periferias brasileiras.

Parto ainda de uma impressão forte: vivemos um embate terrível e constante entre o Brasil — um projeto de estado-nação ancorado na exclusão social — e as brasilidades, maneiras como sentidos de vida foram sendo constantemente construídos nas frestas desse projeto de exclusão. São elas, as brasilidades, que inspiram os versos.

Por fim, deixo uma dica para as leitoras e os leitores: essas poesias só se completam com a leitura em voz alta. A oralidade que se manifesta na musicalidade guiou a feitura dos cordéis.

DIA 23 DE ABRIL

Celebre Jorge Guerreiro
Nascido na Capadócia
Nas biroscas e terreiros
E veja a coincidência
Que vai além da igreja:
Em abril, o vinte e três
Também é dia do mês
Dedicado à cerveja

Nessa data alvissareira
No século dezesseis
O Duque da Baviera
Com chapéu de tirolês
Decretou que a bebida
Só seria fabricada
Com lúpulo e cevada
Além da água fervida

E é fato que São Jorge
Numa esquina carioca
Com sua capa e alfange
Encontrou Ogum de Ronda
Combatendo na peleja

Toda sorte de demanda
Numa gira de umbanda
Com feijoada e cerveja

E como se não bastasse
A festa do santo de rinha
Nesse dia também nasce
Outro santo: Pixinguinha
Que além de padroeiro
Do choro, era suburbano
Macumbeiro, bachiano
Carioca e cervejeiro

Na roda dessa ciranda
Entre os santos e o duque
Não haverá quem retruque
A força da nossa banda
Que não é de qualquer um
Quando a espera d´alvorada
Pede a cerveja gelada
Sob a lua de Ogum

ORAÇÃO BRASILEIRA

Seu Sete, o Rei da Lira,
Grande exu suburbano
Dizia, ao abrir a gira,
Ser católico romano
Ouvindo a Ave Maria
(De Schubert e de Gounod)
Misturada a alegria
Do cabula no tambor

Gosto de rito e de fé
De soneto e de sanfona
Canonizei Rei Pelé
Rezei para Maradona
Sou da mata, do terreiro
Do bar, da encruza, da praça
No meu altar brasileiro
A água benta é cachaça

Não acredito em essência
Nem acredito em pureza
Sou filho da indecência

Da invasão portuguesa
Em mim ribomba o agueré
O som do baque virado
Do caboclo no toré
Mandingando no riscado

Minha hóstia é o padê
E gosto de arruaça
Da moqueca no dendê
Do torresmo com cachaça
Colhendo a flor do singelo
Ritualizo o pequeno:
Vive o diabo em castelo
Mora o meu deus no sereno!

SANTOS CERVEJEIROS

Santo Arnoldo, cervejeiro
Durante a peste obscura
Mergulha a cruz do mosteiro
Na água com levedura
Que afasta, por fervida
A morte e traz a cura
E desta forma enseja
Santificar a bebida
Bendizendo a cerveja
Para alegrar a vida.

Na morte de Santo Arnulfo
Apareceu tanta gente
Que a cerveja, de repente
Acabou, gerando arrufo
Mas tudo se resolveu
Quando o velho taberneiro
Uma garrafa encontrou:
E o copo, logo enchido
Pelo milagre ocorrido
Bebido, jamais secou.

Dizem que Santa Hildegarda
Que das plantas conhecia
Sugeriu ao povo, um dia
Como quem não alaparda
Um fruto de trepadeira
Tão minúsculo, ora veja!
Mas capaz de conservar

Todo frescor da bebida:
O lúpulo para a cerveja
É o pulo que dá a vida.

Entre a história e a lenda
Tem mais santo cervejeiro
Que é grande a contenda
Sobre quem foi o primeiro:
Venceslau, São Columbano,
Santo Agostinho em parelha
Ou Jorge em luz vermelha
No botequim, feito igreja
Onde o ateu vira um santo
No fim da quinta cerveja

Sem medo da fealdade
Distante da heresia
Rezo todo santo dia
Ao céu por tanta cevada
Sabendo que a gelada
Que inspirou esse canto
Profana o que é sagrado
Sacralizando o profano:
Cerveja humaniza o santo
Santificando o humano

A CHEGADA DA RAINHA ELIZABETH AO CÉU

O galo cantou fora do tom
De repente caiu um aguaceiro
E São Pedro, celestial porteiro
Sentiu que da velha Albion
Outra velha subia, acompanhada
De um segurança, feito guarda
Disfarçando a canga e o gibão
Era ele de novo: Lampião

Escondendo o Cinco-Salomão
O atentado, tentando outra vez
Adentrar a celeste imensidão
Com a veste de um soldado inglês
E um chapéu preto de pelica
Disse a Pedro, mirando tête-à-tête
Ai eme o guarda da rainha Elizabeth
E sem mim no *sky* ela não fica

Diz São Pedro: seu filho do cabrunco!

Vai-te embora atentar o satanás
E aproveita essa dona aí atrás
Leva o trono e a coroa junto
Que no céu eu garanto, ela não entra.
Será que não sabes da patranha
(que de fato não é da tua conta)
Dos crimes da tal de Grã-Bretanha?

E voltou Lampião mais uma vez
Ao inferno onde manda o capeta
Já chamando a vovó de dona Beta
Em castiço idioma sertanês.
Ao ver a soberana, o tinhoso
A tratou com mandrana reverência:
Minha casa, madame, é a consciência
Que habita o teu reino poderoso!

Lampião recolheu-se a um canto
Do sertão com a fibra que viceja
Já pensando em nova estratégia
Para outra peleja com o santo
Um disfarce, quem sabe, mais preciso
Ou algum incisivo argumento
Que convença São Pedro, o birrento
A abrir-lhe o portal do paraíso

Dona Beta, segundo um capetinha
No inferno também não se criou
Pois o demo, sensato, ponderou
Que destino melhor para a rainha
É vagar, bem longe do cangaceiro
Pelas salas reais de Buckingham
Com a coroa e a cara de tantan
Assombrando o rei Charles Terceiro

Apanharam de um baiano
No platô da Liberdade
Antes de dar meio-dia
A Europa se invade
Mas não se invade a Bahia

Com meia-lua de frente
Negativa e queixada
O baiano, meu parente
Liquidou a francesada
Confirmando a boutade
Que Camafeu repetia:
A Europa se invade
Mas não se invade a Bahia

Outros tantos conterrâneos
De Madame Pompadour
Sucumbiram ao ebó
Despachado por Exu
Numa encruza da cidade
Conforme a liturgia
A Europa se invade
Mas não se invade a Bahia

Mas o maior fuzuê
Deu-se quando um furreca
francês pediu a moqueca
Sem azeite de dendê
Em tamanha aleivosia
Que beira a insanidade
A Europa se invade
Mas não se invade a Bahia

Diante de tal sufoco
Sucumbiu o Bonaparte
Que lamentoso da sorte
Chorou no pé do caboclo
E aprendeu a verdade
De douta filosofia
A Europa se invade
Mas não se invade a Bahia

O que hoje se assevera
Do Bonfim ao Taboão
É que seu Napoleão
Mora perto da Ribeira
Não se mete em porfia
E diz com autoridade:
A Europa se invade
Mas não se invade a Bahia

OPRIMIDO
AUTONOMIA
INDIGNAÇA
TOLERÂNCIA
ESPERANÇA

COMO PAULO FREIRE ENSINA

Vida é o que se ilumina
Nas bordas da boniteza
Arrodeando beleza
Em que o sonho imagina
Um Brasil justo, fraterno
Do povo e de seu governo
Como Paulo Freire ensina

O mestre aprende e atina
Para ler o mundo grande
Que esperança se expande
Na escola, na esquina
Na birosca, no terreiro
Em cada canto brasileiro
Como Paulo Freire ensina

Diante da fúria insana
Do opressor carcomido
Caminhar com o oprimido
É opção, mais que sina,
E compromisso de luta

Do amor, sem a força bruta
Como Paulo Freire ensina

Liberdade é o que anima
O axé da pedagogia
No fuzuê da alegria
Dos meninos e meninas
Sementes do mundo novo
Pra grande festa do povo
Como Paulo Freire ensina

Contra a besta assassina
A cadela do fascismo
O genocídio, o racismo
Tudo que a vida abomina
Que se erga a bandeira
Dos condenados da terra
Como Paulo Freire ensina

Viva a força que emana
Da vida do centenário
Que fez do abecedário
Semente que se destina
(No amor da semeadura)
A ser fruta, flor e cura
Como Paulo Freire ensina.

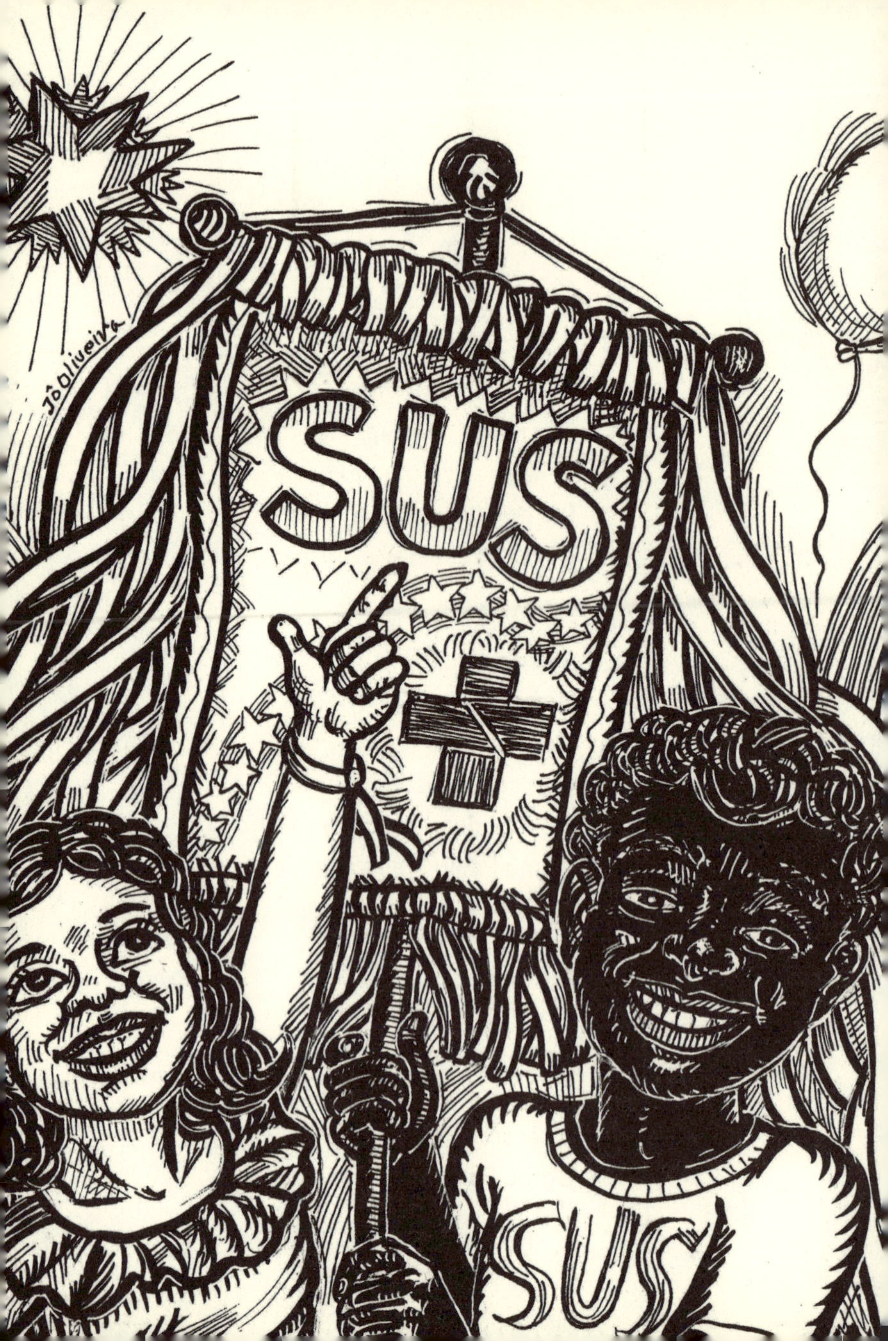
SUS
Jô Oliveira
SUS

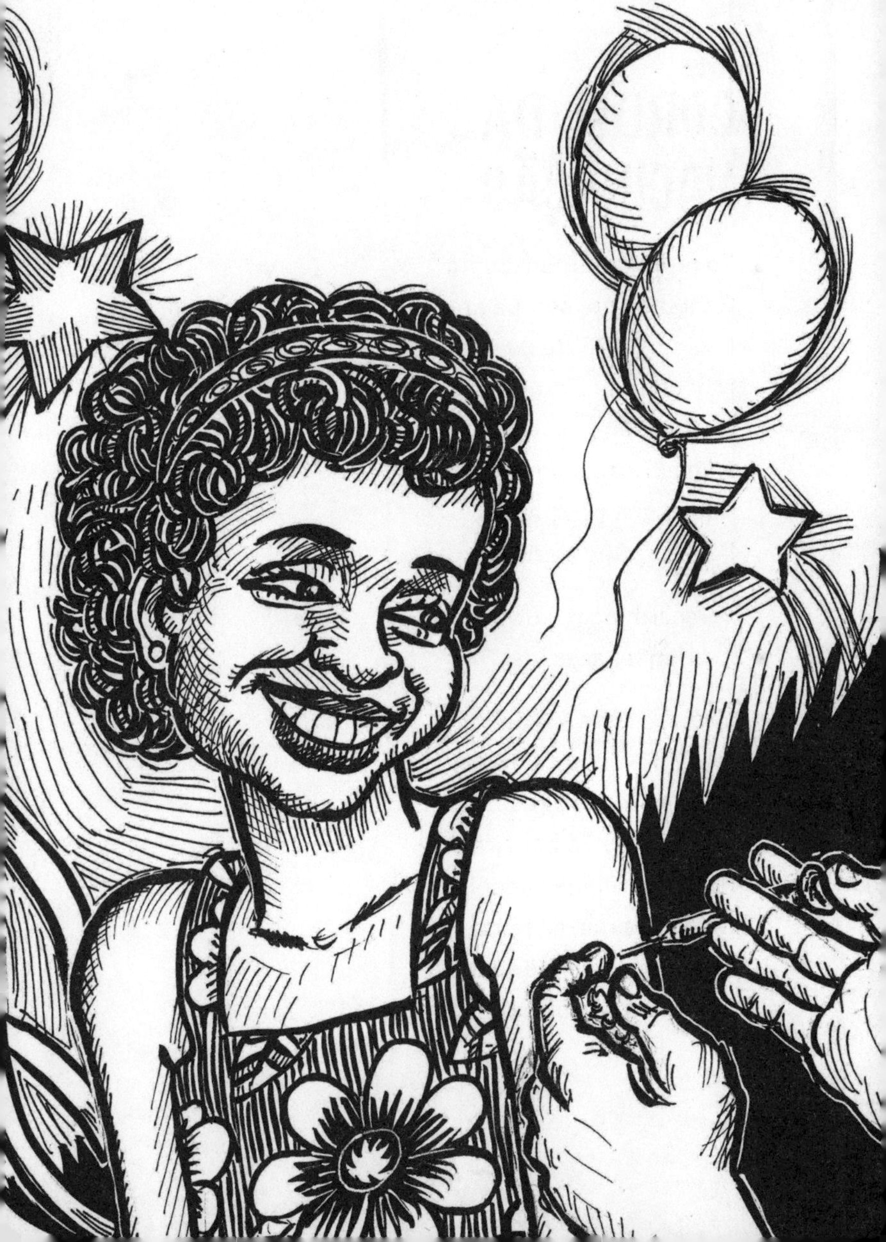

CORDEL DA VACINAÇÃO

Eu rezo pra Virgem Santa
Cantando pra pombagira
Pois sei que Sete da Lira
Não contradiz a ciência
E só respeito excelência
Que em arte ilumina
Aquilo que nos traduz
Por isso, digo na rima:

Vamos abraçar o SUS
E defender a vacina!

Não sei de Napoleão
Não fui à Copa da Rússia
Não tenho nem a astúcia
Do verso de Zé Limeira
Mas ergo minha bandeira
No bar, na rua, na feira
No mundo que me seduz
Como um samba na esquina:

Vamos abraçar o SUS
E defender vacina!

Pro cabra que me quer morto
Amasiado do demo
Que nunca cantou no sereno
Nem sabe de Pixinguinha
Eu sou um galo de rinha
Ogã de Ogum confirmado
Vai-te embora, credo em cruz
Com essa sanha cretina

Vamos abraçar o SUS
E defender a vacina!

De criança, bem mirrado,
Tinha medo de injeção
E era tamanha a tensão
Que amuado eu fugia
Mas tamanha bizarria
Não vai me livrar da agulha
Do povo da Fiocruz
Que honra a medicina:

Vamos abraçar o SUS
E defender a vacina!

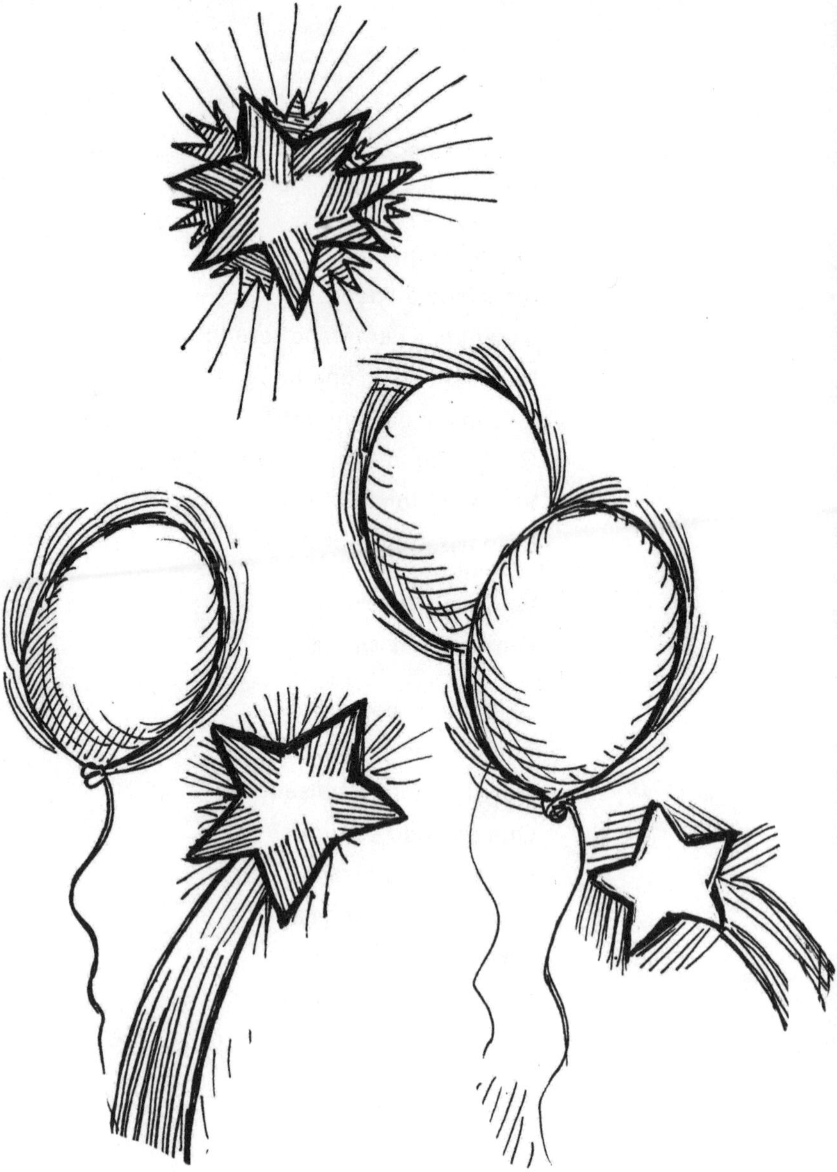

Como Garrincha gingando
Endoidando o marcador
Amo Maria Mulambo
E Nabucodonosor
Diante do horror não tombo
E mando à merda o mercado
Pois tudo que me conduz
O mercado abomina:

Vamos abraçar o SUS
E defender a vacina!

E por aqui me retiro
Com confete e serpentina
Contra quem prefere tiro
Babando qual cão raivoso
Gosto de biblioteca
Balcão do Bode Cheiroso
E a meta que me impus
É fazer do encanto sina:

Vamos abraçar o SUS
E defender a vacina!

ANEXO: BIOGRAFIA DO AUTOR POR ELE MESMO

Macumbeiro me chama de cristão
Sertanejo me julga marinheiro
O marujo me acha do sertão
O cristão me acusa: macumbeiro
Ao sol me revelo em breu sem vela
Noite alta, no lume do clarão
Vagalume em busca da estrela
A estrela riscando o rés do chão

Homem velho na festa de erê
Rabiola na corda de sisal
A viola de gamba no aguerê
O padê arriado no missal
Ao doce, pitada de pimenta
Ao aço, a chita de alcobaça
Pombagira rezada em água benta
Virgem santa benzida na cachaça

Entre Dante Alighieri e Harry Potter
No sertão de Ariano Suassuna
Como um ermitão no shopping center
Com joystick e a flecha de Arjuna
Vou saudando Exu no Ramadã
Numa igreja em que baixa Mallarmé
Procurando na luz de aldebarã
Ogum, Buda, Jesus e Maomé

Xerelete com alma de sanhaço
Macambira em florada de anis
No Caribe eu deliro o cangaço
No Saara eu caço tatuís
Feito ateu com a alma convencida
Da verdade dessa jaculatória:
O contrário da vida é a desvida
O contrário da morte é a memória

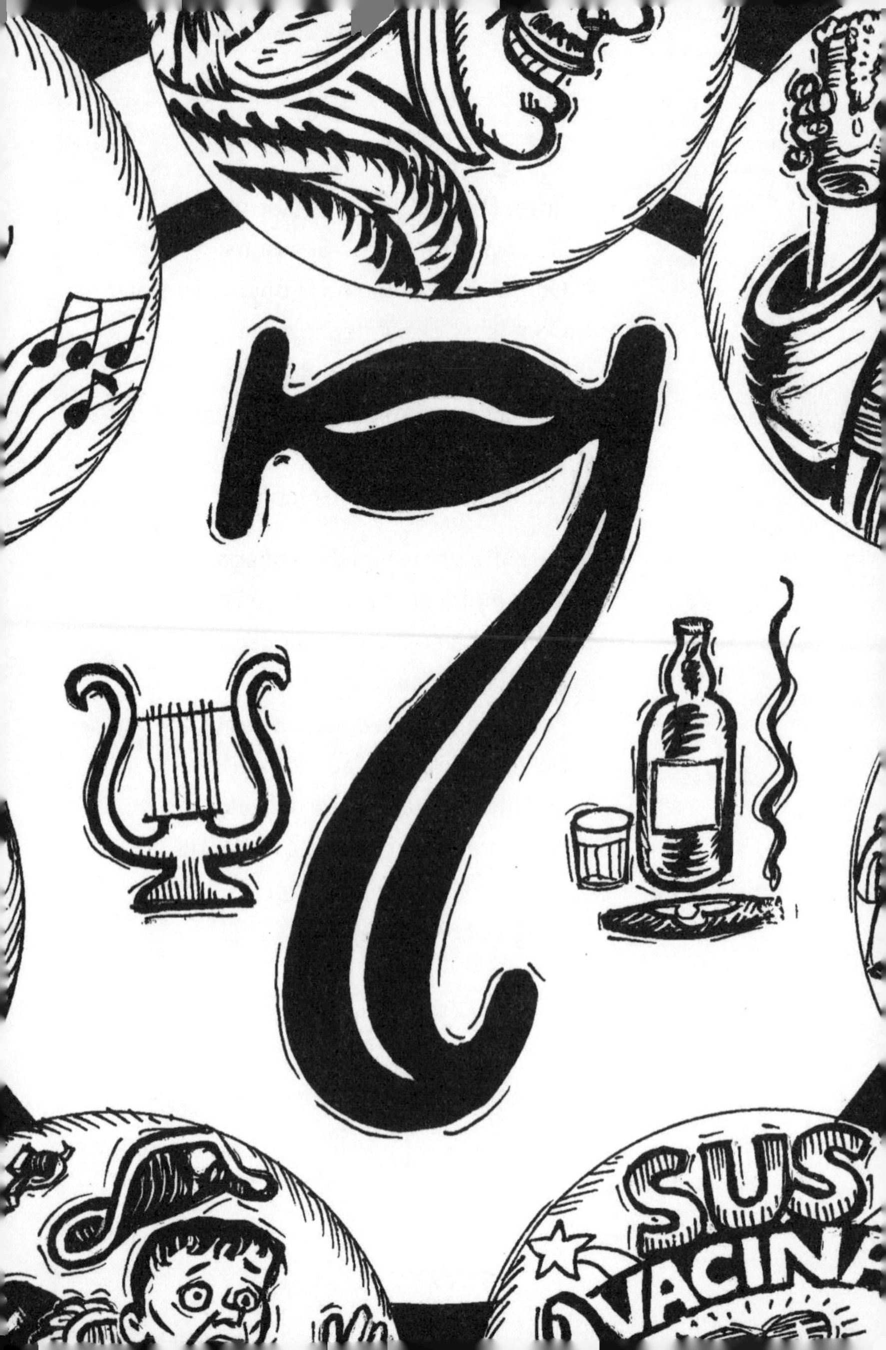
SUS
VACINA

© Luiz Antonio Simas, 2024
© Jô Oliveira, 2024
© Oficina Raquel, 2024

Editores
Raquel Menezes
Jorge Marques

Assistente editorial
Philippe Valentim

Estagiária
Nicole Bonfim

Projeto gráfico e diagramação
Adriana Cataldo | Cataldo Design

Todos os direitos reservados à Editora Oficinar ltda me. Proibida a reprodução por qualquer meio mecânico, eletrônico, xerográfico etc., sem a permissão por escrito da editora.

www.oficinaraquel.com.br

CIP-BRASIL. CATALOGAÇÃO NA PUBLICAÇÃO
SINDICATO NACIONAL DOS EDITORES DE LIVROS, RJ

S598s

    Simas, Luiz Antônio
    Sete cordéis brasileiros / Luiz Antonio Simas ; ilustração Jô Oliveira ; prefácio Xico Sá. - 1. ed. - Rio de Janeiro : Oficina Raquel, 2024.
    48 p. ; 18 cm.

    ISBN 9788595001008

    1. Poesia brasileira. 2. Literatura de cordel brasileira. I. Oliveira, Jô. II. Sá, Xico. III. Título.

	CDD: 398.20981
24-94046	CDU: 398.2(81)

Meri Gleice Rodrigues de Souza - Bibliotecária - CRB-7/6439
20/09/2024 26/09/2024

Oficina
raquel

Este livro foi composto em papel Polen bold 90g
e impresso em novembro de 2024.

QUE ESTE LIVRO DURE ATÉ ANTES DO FIM DO MUNDO.